Journal de bord
d'une randonnée familiale

Mélanie Lebihain

Journal de bord
d'une randonnée familiale

Éditeur : BoD-Books on Demand
12-14 rond-point des Champs-Élysées, 75008 Paris
Impression : Books on Demand, Norderstedt, Allemagne

Illustration : Mélanie Lebihain

ISBN : 978-2-3222-3831-6
Dépôt légal : Octobre 2020

Je tiens à remercier mes parents, qui nous ont permit, à mon frère et moi-même, de vivre une partie de cette histoire durant notre enfance.

Alors que certaines scènes et certains lieux font partie de mes souvenirs d'enfance, d'autres sortent tout droit de mon imagination.

Merci aussi à toutes les personnes qui m'ont aidé à finaliser ce livre.

Préface

Mathilde et Serge sont mariés depuis 33 ans et ont deux enfants. Ce sont des parents aimants, sensibles à leur bonheur et démonstratifs de leur amour.

Camille, leur fille de 12 ans, est timide, réservée et manque de confiance en elle. Elle est grande et mince avec de magnifiques cheveux longs et de beaux yeux verts.

Son frère, Bastien, qui a 4 ans de plus qu'elle, est complètement l'opposé. Sûr de lui, boute en train, avec plein d'énergie à revendre. Il est grand avec une carrure musclée et adore le sport. Il en pratique d'ailleurs plusieurs.

Ils vivent tous les quatre à la campagne, dans une ancienne ferme qu'ils ont entièrement restaurée durant de longues années. Ils ont plusieurs animaux dont un chat, une chienne et une biquette mais ils possèdent surtout quatre superbes chevaux qui peuvent profiter paisiblement des prés qui entourent leur maison. Ils ont chacun le leur qu'ils apprécient monter les week-ends ou durant les vacances scolaires. De nombreux choix se présentent à eux, avec de longues balades en forêt ou de délicieuses promenades en bord de mer.

Cannelle est la jument de Mathilde, elle est douce, délicate et calme. Elle lui correspond parfaitement, c'est sûr, elles étaient faites pour s'entendre.

Le père de famille, quant à lui, possède un pur sang magnifique. L'élégance et la force caractérisent tout à fait Andros.

Bastien a une très belle jument qui répond au nom de Myrtille et Camille monte une camarguaise qui se prénomme Poupoune. Toutes les deux sont très complices avec les enfants et sont pourvues d'une douceur et d'une tendresse incroyable.

Vous allez découvrir et suivre l'aventure de cette famille partie en excursion onze jours avec leurs chevaux et ainsi profiter de la nature avec ses mille couleurs.

Ils vont être connectés à dame nature et à toutes ses merveilles au lieu des appareils électroniques qui envahissent notre quotidien d'aujourd'hui. L'histoire se déroule en Juillet 1995, les consoles de jeux avaient déjà prit de l'ampleur dans la vie des jeunes mais les téléphones portables étaient encore dans la majorité des cas, réservés aux adultes.

En 2020, beaucoup de personne en possède et ce, de plus en plus jeunes. Les yeux rivés sur les écrans, nous avons tendance à oublier la relation humaine, tout comme les choses les plus simples qui sont les plus belles et proches tout autour de nous. Il faut simplement regarder et écouter plus intensément.

Chapitre 1 : vendredi 28 juin - 35 km

Nous sommes samedi 22 Juin, il est 18h30 et les vacances scolaires commenceront dans moins d'une semaine. Elles se préparent activement mais secrètement. Je dispose sur la table basse, le cocktail sans alcool et les amuse bouche que j'ai préparé tout à l'heure puis j'appelle les enfants :

_ Camille ! Bastien ! Vous pouvez venir s'il vous plait ?

_ Déjà ? C'est pas l'heure de manger ! me répond-t-il de sa chambre, tout en continuant de jouer sur sa console.

_ Non mais vous venez, on veut vous parler !

Ils arrivent alors tous les deux et aperçoivent directement les petits gâteaux posés sur la table.

_ On fête quelque chose ? interroge immédiatement Bastien.

Sourire aux lèvres, je leur demande de s'installer dans le canapé.

_ Oui, avec papa nous avons quelque chose à vous dire, dis-je d'une voix douce et enthousiaste. Nous avons organisé une randonnée équestre et nous allons partir tous les quatre avec les chevaux pendant 11 jours.

_ Trop bien ! Ça va être super ! répond Camille ravie.

_ Oui c'est clair ! Et on va où ? questionne Bastien.

_ En effet, nous allons passer un bon moment tous les quatre, reprend Serge. Ça va être l'occasion de passer du bon temps en famille, sans le petit train-train quotidien. Nous allons faire l'aller-retour jusque chez vos grands-parents maternels. Avec maman, nous avons tout prévu, chaque étape, chaque gîte où nous nous arrêterons dormir.

_ C'est cool ! On part bientôt ? demande Bastien.

_ Dans une semaine les enfants.

A notre plus grand bonheur, leurs yeux pétillent immédiatement de joie et d'excitation.

Une semaine plus tard, le jour J arrive enfin. Le soleil se lève à peine mais avec l'excitation nous ne ressentons aucune fatigue...

Je prépare un petit déjeuner copieux pour la famille afin de faire le plein d'énergie. Nous allons ensuite chercher nos chevaux dans le pré et prenons plaisir à les brosser avant de prendre la route. J'adore l'odeur qu'ils dégagent, ainsi que celle du cuir que l'on appose sur eux. Nous installons d'abord les sacoches de randonnée sur le dos de chaque cheval, suivies du tapis et de la selle.

Plus les minutes passent, plus la frénésie monte, surtout pour Bastien et Camille qui n'attendent qu'une seule chose : Partir !

Nous montons sur nos chevaux, le sourire jusqu'aux oreilles. Bombes sur la tête, pieds dans les étriers, rênes prisent en main, nous pouvons enfin partir pour cette première étape.

_ Les enfants, approchez-vous je vais vous prendre en photo pour immortaliser ce moment.

_ Oh oui super ! répond Camille.

_ Le petit oiseau va sortir... C'est bon, c'est dans la boite !

Nous débutons la randonnée tranquillement en savourant l'osmose avec la nature qui règne autour de nous : l'aube naissante, l'air frais qui frôle délicatement nos visages, les petits oiseaux qui chantent de douces mélodies...

Nous avançons à travers la forêt lorsque nous apercevons un magnifique château. Nous étions déjà passés devant en voiture mais sans jamais prendre le temps de réellement l'admirer.

C'est un château du XV ème siècle qui a été divisé en plusieurs appartements pour être ensuite revendus à des particuliers. Ses dépendances ont été transformées en hôtel de luxe et en restaurant étoilé.

Plus nous nous approchons, plus nous sommes impressionnés par ce monument et par son énorme parc qui l'entoure. Même en le voyant de loin, nous restons émerveillés par ce lieu, c'est un réel plaisir !

Alors que tout se passait bien, tout à coup nous entendons des bruits sourds et nous remarquons comme de petites lumières qui vacillent au loin. Andros sursaute, fait d'importants écarts et entraîne les autres chevaux à en faire de même. Alors que trois d'entres eux se calment rapidement, Camille, elle, ne se sent pas en sécurité sur sa Poupoune qui bouge beaucoup et qui par ce fait ressent sa peur. Mais c'est vrai qu'elle ne pratique l'équitation que depuis quelques mois seulement, elle manque donc encore de confiance en elle. Je la rassure :

_ Allez ma chérie, ca va bien se passer. On va continuer à avancer. Nos chevaux se sont calmés, tu vas voir ta Poupoune va faire pareil. Rassure-la, elle sent ton inquiétude.

_ Oui mais j'ai peur de tomber !

_ Justement elle le ressent, respire calmement. Il n'y a pas de raison de tomber.

Nous nous rapprochons et arrivons sur trois hommes habillés de tenues jaunes avec trois bandes réfléchissantes dessus. Ils sont en train d'exécuter des travaux de réfection des passages piétons. Voilà pourquoi nos chevaux ont eu peur : leurs habits brillants, le bruit et la situation inconnue face à eux, les ont intrigués.

Après cette petite frayeur passée, nous continuons notre randonnée en prenant un chemin à travers les sous-bois. Il fait chaud et la soif commence à bien se faire ressentir, nous allons donc chercher un endroit pour nous arrêter et nous désaltérer. Bastien qui ouvre la marche avec Serge croit justement voir un petit ruisseau à quelques mètres alors nous tentons de l'atteindre pour que les chevaux puissent boire eux aussi.

Nous y sommes :

_ Bien vu Bastien ! Vous pouvez descendre des chevaux et les faire boire. Pendant ce temps là, je vais nous servir un bon verre d'eau avant que l'on reparte.

_ Ah oui, cool. Il fait trop chaud là, répond-t-il.

La balade reprend ensuite son cours dans la bonne humeur et à l'ombre des arbres qui nous entourent. Nous pouvons voir leurs feuilles virevolter délicatement au dessus de nos têtes et entendre le petit bruissement du vent dans les arbres. C'est très agréable.

Mais brusquement, les chevaux montrent de nouveau de l'hésitation. Nous continuons à avancer prudemment en les stimulant et en les rassurant par la voix. Nous voyons un pont où de nombreuses voitures circulent à vive allure et où des poids lourds passent également en faisant un boucan monstre.

Ce pont est dit "tournant" car il peut pivoter et ainsi laisser passer les bateaux sur le fleuve, tout en empêchant la circulation aux véhicules pendant ce laps de temps.

Nous nous approchons doucement et prudemment mais nos chevaux ont de plus en plus peur. Leurs oreilles sont baissées en arrière, leurs pas sont hésitants, alors nous nous arrêtons et aidons les enfants à descendre de leurs montures. Avec Serge, nous devons réfléchir à une solution.

Après plusieurs minutes, j'annonce :

_ Nous n'avons pas d'autres choix que de traverser le pont, alors Bastien tu vas prendre le drapeau rouge et arrêter la circulation, en faisant très attention.

_ Ok ça marche, pas de soucis ! répond-t-il sûr de lui.

Nous en avions fabriqué deux avant le départ avec un simple bâton et un tissu rouge. Je ne le regrette pas car aujourd'hui cet objet va nous être indispensable.

_ Et toi Camille, tu vas passer toute seule. Avec papa on va prendre deux chevaux chacun et nous allons tous traverser à pied.

_ D'accord.

Je sens à sa voix qu'elle est à la fois rassurée et impressionnée.

Quant à lui, Bastien se dirige bien décidé, mais tout de même avec prudence sur le pont, il agite son drapeau et fait signe aux véhicules de s'arrêter. Heureusement, les conducteurs des voitures et des poids lourds obtempèrent et s'arrêtent rapidement. Camille est inquiète mais sa confiance en nous l'aide à nous suivre. Serge passe avec Andros et Myrtille, Camille emboîte le pas avec attention, je ferme donc la marche avec Poupoune et Cannelle. Les chevaux sont maintenant sereins grâce au silence imposé par notre traversée.

Une fois tous passés, Bastien nous rejoint assez fier de lui. Nous remontons sur nos chevaux et arrivons sur une descente abrupte qui va nous permettre de reprendre le chemin de randonnée, à travers les marais. La pente est impressionnante alors nous nous avançons doucement, tout en laissant nos chevaux se préparer, en détendant les rênes. Nous arrivons en bas avec satisfaction mais il est vrai que ces dernières minutes ont été stressantes pour la famille comme pour les chevaux. Plusieurs tables de pique-nique sont installées à quelques mètres alors nous profitons de cet endroit pour manger et se dégourdir les jambes.

L'énergie revenue, nous repartons avec motivation. Nous ouvrons grand nos yeux pour apprécier toute la beauté de ces paysages verdoyants. Nous nous rapprochons de plus en plus du gîte et tout se passe bien.

_ Ça va les enfants ? Vous êtes contents de cette première journée ? demande Serge.

_ Oh oui ! répond instinctivement Camille, même si j'ai eu peur, c'est trop bien !

_ Oui c'est vrai. Merci d'avoir préparé tout ça. C'est cool ! remercie Bastien.

Il est maintenant 15 heure et voilà que nous arrivons déjà au gîte. Nous découvrons une grande bâtisse en pierre, avec des fenêtres et des portes anciennes en bois ornées de nombreuses fleurs.

Nous nous dirigeons vers le pré où les chevaux vont pouvoir être tranquille. Nous commençons par les soulager de notre poids et de tout le matériel : selle, sacoches, tapis, licol...

Pendant ce temps, les enfants découvrent tranquillement ce lieu paisible. Des tables en bois accompagnées de grands bancs sont disposés à l'intérieur de la maison. Une belle cheminée en pierre agrémente les lieux ainsi que de belles poutres apparentes.

Après avoir pris notre douche, nous nous lançons dans une partie de tennis de table en famille. Une bonne partie de rigolade et de détente qui s'offre à nous après cette première journée de passée.

Il est maintenant temps de manger et de passer une bonne nuit pour reprendre des forces et continuer l'aventure demain.

Chapitre 2 : Samedi 29 juin - 37 km

Les enfants se sont rapidement endormis hier soir alors avec Serge nous avons pu en faire de même. Cette première nuit passée en gîte a été très récupératrice, au plus grand bonheur de tous. Nous prenons notre petit-déjeuner et nous nous préparons rapidement avant de rejoindre nos chevaux dans le pré. Nous sommes tellement pressés de découvrir de nouveaux lieux, de nouveaux paysages que nous prenons le départ de bonne heure. Plein de motivation et d'enthousiasme nous partons vers 8h30. Une fois sur nos chevaux, nous commençons cette deuxième étape par emprunter un chemin qui nous mène directement le long d'un canal. De petits bateaux de location y naviguent, tout en laissant le silence à l'entour intact. C'est un paysage calme et très agréable qui nous encercle. Le chemin de halage qui le longe est idéal pour les randonnées équestres, pédestres et les balades à vélo, ce qui explique d'ailleurs pourquoi nous y croisons de nombreuses personnes. C'est à la fois, un lieu paisible et un site rempli de vie que nous découvrons donc avec plaisir.

Alors que le ciel s'assombrit doucement avec de gros nuages gris, nous faisons une petite halte le temps d'enfiler nos imperméables. Serge passe la carte autour de son cou, glissée dans une pochette plastique. Nous avions tout prévu à l'avance pour que se périple se déroule le plus aisément possible.

Il y a quelques mois déjà, j'avais contacté une association qui propose des balades à cheval près de chez nous. La responsable m'avait alors gentiment donné le numéro de téléphone de Marie. C'est une habituée de cinquante ans qui part régulièrement seule avec son cheval. Elle m'avait tout de suite proposé de venir à la maison pour me donner des conseils, des astuces pour que tout se déroule au mieux. Et surtout, nous avions effectué le tracé de notre randonnée toutes les deux. Elle m'avait aussi indiqué de bonnes adresses de gîtes sur notre chemin. Son aide était vraiment la bienvenue, surtout que nous allions partir avec nos enfants, il ne fallait pas faire n'importe quoi et prendre des risques inutiles.

Après une heure de balade tout en détente, nous quittons ce cours d'eau qui serpente de belles vallées pour monter dans les terres. Sur plusieurs kilomètres, nous empruntons des chemins qui nous font prendre de la hauteur, jusqu'à surplomber une petite ville. D'où nous sommes maintenant, nous pouvons juste percevoir son petit clocher pointu atteindre les nuages. Hissé sur nos partenaires, la sensation de dominer le monde nous saisit brutalement. Nous profitons de cet instant pour nous enivrer de ce sentiment incroyable et puissant.

Nous repartons et passons maintenant au beau milieu d'herbes hautes, de fleurs sauvages et envahissantes à perte de vue où la nature est totalement préservée. En poursuivant dans ses terres et ses marais, nous voyons d'adorables moutons qui se déplacent en toute liberté sur de vastes terrains. Nous nous faufilons parmi eux et nous sommes tous les quatre ébahis. Mais, eux par peur, prennent la fuite à notre passage. Il faut dire que nous sommes immense par rapport à eux. Heureusement nos chevaux restent très calmes.

_ Oh regardez là-bas, il y a des petits agneaux avec leur maman, dit Camille en les montrant du doigts.

Elle a les yeux tout écarquillés, le regard lumineux. C'est vrai que c'est un beau spectacle de pouvoir se promener ainsi parmi eux. Nous savourons ce moment en ayant l'impression d'être privilégiés.

Quelques kilomètres plus loin, nous voilà de retour sur le chemin de halage qui longe le canal mais nous apercevons un passage sombre qui se dresse devant nous. En effet, nous allons devoir passer sous un pont de chemin de fer situé en amont d'une écluse. Il forme un très bel arc en pierre au dessus du sentier et du canal. Une rambarde de sécurité protège d'une possible chute dans l'eau mais le passage n'est que de deux mètres de large et s'étend sur une bonne dizaine de mètres. Le côté sombre et mystérieux de ce lieu intriguent immédiatement les chevaux. Nous décidons de le passer à pied, par bienveillance envers eux et nous les aidons par le biais de notre voix, qui se veut douce et rassurante :

_ Tout va bien ! Nous sommes presque passés, allez c'est bien.

Le passage étant trop serré, nous sommes obligés de passer devant nos chevaux, rênes à la main, bras tendus vers l'arrière. Une fois rendus sous ce pont, nous les sentons déjà plus rassurés. Alors en arrivant au bout de ce passage, nous félicitons nos montures en leur caressant l'encolure et en leur chuchotant à l'oreille :

_ C'est bien ! Bravo !

C'est un vrai travail d'équipe, une confiance mutuelle qui s'installe entre l'homme et le cheval. Nous avons besoin l'un de l'autre dans ce périple, alors il faut être attentif à leur peur et être en capacité de les rassurer si besoin.

Nous apprécions tous cette randonnée familiale et la complicité qu'elle entraîne, entre nous mais aussi avec nos chevaux. Le fait d'être privé de technologie et de routine nous permet de faire complètement abstraction de tout ce qui pollue notre attention au quotidien. Nous sommes en total osmose avec nos équidés, nous vivons ce périple à leur coté et grâce à eux, nous pouvons profiter pleinement de toute la beauté des paysages qui nous entourent.

Après avoir passé cet étroit tunnel, nous voyons une table de pique-nique et décidons de faire une petite pause. Les nuages de ce matin ont maintenant laissé place aux rayons du soleil. Le bleu de l'eau et les grands arbres verts aux tronc larges qui s'y reflètent sont très apaisants, nous pourrions nous croire au beau milieu d'un magnifique tableau exposé dans une galerie d'art.

Après avoir bien déjeuner, nous remontons sur nos chevaux bien motivés. Nous continuons de suivre le canal sur un sentier en terre jaune qui plaît aux chevaux. Il permet de soulager leurs sabots qui frappent le sol avec fracas à chacun de leur pas. Camille, joyeuse, pousse la chansonnette :

_ Un kilomètre à cheval, ça use, ça use, un kilomètre à cheval, ça use les sabots...

A 17 heure nous arrivons au gîte, où nous allons encore pouvoir profiter de cette vue sur le canal grâce à cette grande maison en pierre, aux volets rouges, qui se trouve au bord de l'eau et qui est comme bercée par la nature. C'est pour cette raison que nous l'avions prévue dans notre itinéraire car c'est un lieu incontournable.

Nous emmenons les chevaux jusqu'à l'enclos formé de barrières en bois où ils vont pouvoir trouver leur repos bien mérité.

_ Camille et Bastien, vous dessellez vos juments et après vous allez prendre votre douche s'il vous plait, d'accord ? leur demande leur père.

_ Oui d'accord, répond Bastien, coopératif.

Nous retrouvons ensuite les enfants pour leur proposer de faire le tour du propriétaire. C'est alors avec grand plaisir qu'ils y découvrent une petite aire de jeux avec des balançoires et des toboggans. Ni une, ni deux, ils y courent immédiatement.

_ Vous avez encore de l'énergie pour jouer ? Vous êtes épatants.

Je n'ai pas de réponses de leur part étant trop occupés à jouer, mais nous sommes ravis de constater leur forme olympique. C'est comme un retour aux sources, tous les deux attirés par des jeux simples et enfantins, qui d'habitude ne les intéresse plus, étant trop grands pour ce genre de chose.

Après avoir bien profité de ce moment de détente et de jeux, nous dînons tranquillement en discutant de ces deux journées passées sur le dos de nos chers chevaux :

_ Cette journée vous a plu les enfants ?

_ Oui beaucoup, me répond Camille, c'était sympa au bord du canal

_ Oui c'est vrai que c'était bien. C'était très calme. Et j'ai aimé passer entre les moutons aussi, reprend Bastien

_ Il nous reste neuf étapes alors nous allons encore pouvoir admirer d'autres paysages. Avec Maman, nous avons choisi de beaux gîtes que nous allons pouvoir aussi découvrir

_ Nous sommes ravis de vivre cela avec vous les enfants, j'espère que cela vous fera de beaux souvenirs.

Les enfants se lèvent brusquement de leur chaise et viennent nous faire un petit câlin. Un signe de remerciement, qui je l'avoue, est très appréciable.

Camille, très volontaire, m'aide à faire la vaisselle avant que l'on aille tous se coucher. Deux lits superposés attendent les enfants, une première pour eux. Ils choisissent rapidement leur place et ne mettent pas bien longtemps à s'endormir... Et oui, la fatigue commence tout de même à se manifester...

Chapitre 3 : Dimanche 30 Juin - 22 km

Le réveil sonne plusieurs fois ce matin avant que l'on arrive enfin à se lever. La fatigue ainsi que des douleurs aux genoux et aux fesses qui font leur apparition progressivement. Nous en connaissons bien les causes, qui sont la position assise prolongée ainsi que le frottement répétitif contre la selle.

Notre journée va être assez calme aujourd'hui car nous n'avons que 22 kilomètres à parcourir.

_ Préparez-vous tranquillement, nous ne partirons qu'à 10 heure. En attendant, nous allons voir les chevaux avec papa.

_ D'accord maman, répond Bastien, on vous rejoint lorsque l'on sera prêts.

_ Très bien, à tout à l'heure les enfants et soyez sage surtout.

Nous allons donc voir nos chevaux qui broutent paisiblement l'herbe. Nous leur passons le licol et les sortons du pré. Nous passons ensuite un bon moment à les brosser, avant de les seller. Avec les chevaux, il n'y a pas que le plaisir de les monter mais c'est aussi toute la tendresse et les bons soins que nous pouvons leur apporter.

Les enfants nous retrouvent sur place comme prévu. Ce qui nous surprend immédiatement, étant donné qu'à la maison il faut toujours répéter maintes et maintes fois les choses. C'est sûrement l'appel de la nature qui fonctionne ici.

Une fois que tout le monde est bien installé sur son cheval, nous quittons ce gîte très agréable. Nous traversons d'abord une vallée vert émeraude où dominent à perte de vue des prés et des arbres touffus. A notre droite, nous voyons une multitude de champs de maïs et de champs de blé. C'est un paysage diversifié et coloré qui s'offre devant nos yeux. Notre regard se pose sur chaque petit détail qui sort de terre, le maïs, le blé, l'avoine... Nous sommes enchantés par cette nature vivante que nous traversons durant deux bonnes heures.

Il est bientôt midi, nous devons retrouver les parents de Serge pour pique-niquer non loin d'ici. Carte à la main, nous guettons ce large chemin que nous avions choisi à l'avance.

Serge est devant et est le premier à le voir :

_ Ça y'est les enfants, on y arrive.

_ Oui j'entends Papy et Mamie, dit Camille toute joyeuse.

Nous entrons dans ce chemin entouré d'immenses champs d'avoine et rejoignons ses parents qui sont en train de tout préparer.

Nous leur avions fournis à l'avance tout le nécessaire pour que l'on puisse faire une clôture, où laisser brouter les chevaux en toute sécurité : piquets, cordes…

_ Bonjour papy et mamie, lance Camille spontanément, vous allez bien ?

_ Oui très bien et toi ma petite fille ? Vous avez tous l'air en forme ? demande sa mamie.

_ Oui c'est super ! répond Bastien. On commence à avoir mal aux fesses mais sinon franchement c'est génial.

Avec Serge et son père nous nous attelons à former la clôture et à desseller les chevaux pour un meilleur confort.

En attendant, Camille et Bastien finissent de préparer la table avec leur mamie qui a déjà bien avancé avant notre arrivée.

Nous nous retrouvons ensuite tous les six autour de la table pliante pour partager un bon repas, préparé avec amour. C'est un moment très convivial et agréable.

Nous leur parlons de notre périple, en leur décrivant les merveilles que nous avons pu découvrir jusqu'ici. Nous leur expliquons aussi les imprévus que nous avons vécus. Camille et Bastien participent volontiers à cet exposé enrichissant.

Le soleil ainsi qu'une légère brise sont présents et rendent ces instants de détente, très appréciables.

Nous avons fini le repas et terminons de débarrasser la table lorsque nous entendons un bruit étrange :

_ C'est quoi ça ? demande Camille intriguée.

_ On dirait qu'il y a un animal dans le champ, rétorque Bastien.

Tout en se dirigeant vers celui-ci, Serge annonce :

_ Je vais aller voir, restez-là !

_ Je viens avec toi, reprend Bastien.

Nous sommes tous sur nos gardes avec le regard figé sur eux. Nous restons à l'affût du moindre bruit et du moindre mouvement…

Ils s'avancent prudemment, montent sur le talus où est surélevé le champ et se retrouvent face à face avec une de nos juments qui est en train de se régaler.

_ C'est Poupoune, elle a dû être attirée par l'avoine. Elle est certainement passée par dessus la clôture, dit Serge, tout en essayant de la ramener au bon endroit.

_ C'est dingue, on ne l'a même pas vue, répond Bastien.

_ Vous voulez de l'aide ? Elle n'a pas l'air de vouloir revenir.

_ Ça va aller, je vais aider Papa, dit Bastien, toujours très confiant.

Au même moment, ils arrivent à la faire quitter ce délicieux champ en faisant un grand saut pour rejoindre le chemin. Un fou rire familial éclate alors sans réel raison, la fatigue, l'excitation en sont sûrement les causes. Mais ça fait un bien fou de rire ainsi !

Nous reprenons nos esprits et préparons les chevaux pour le départ. Ce bon petit repas en famille et cette bonne humeur nous ont redonné l'énergie et les forces nécessaires pour la suite de l'aventure. Il ne nous reste plus que dix kilomètres à parcourir avant l'arrivée au gîte.

Bastien nous propose de prendre une petite photo de famille. Je me blottis contre Serge, Camille prends ses grands parents dans ses bras et voilà une belle photo pleine de complicité.

Les enfants font ensuite un gros bisou à leur papy et mamie et nous nous disons au revoir. Nous sortons de ce chemin et repartons dans la vallée pour ensuite traverser une magnifique forêt de pins. Sa senteur boisée et résineuse est très agréable, je dirais même qu'elle est enivrante. Et le silence qui y règne est très apaisant. Même les enfants sont en pleine admiration et restent sans voix. Ce qui est rare !

A sa sortie, nous passons sur un terrain quelque peu accidenté, où nous pouvons voir un magnifique viaduc. Son énorme armature avec ses sept voutes en pierre, se reflète magnifiquement dans la rivière qui coule délicatement à ses pieds. Le soleil traversant rend chaque détail encore plus lumineux. Les yeux rivés sur l'horizon, nous entendons un cri puissant et lointain, puis nous voyons une silhouette se jeter dans le vide en chute libre. Alors que nous avons le souffle complètement coupé, le cœur qui bat la chamade, un élastique permet à cette personne de toucher l'eau des doigts. Elle remonte et redescend instantanément, jusqu'à son arrêt total.

L'espace d'une seconde nous avons imaginé le pire avant de comprendre que des sauts à l'élastique se pratiquent ici, dans ce lieu majestueux. Cette expérience doit vraiment être incroyable à vivre, malgré qu'elle soit aussi terrifiante.

Nous suivons ce chemin jusqu'à arriver dans une petite ville, où j'en profite pour faire quelques courses à la boulangerie ainsi qu'à la charcuterie. Je vais acheter de quoi nous préparer un petit repas ce soir au gîte. Pendant ce temps, Serge et les enfants sont victimes des regards de plusieurs passants. Ils sont mitigés entre la surprise et l'admiration de voir des cavaliers et des chevaux dans leur petite ville.

Nous sommes ensuite ravis d'arriver sur le site. Il est de bonne heure alors nous commençons par emmener les chevaux jusqu'à leur enclos et nous prenons un petit temps pour les panser, pour les doucher et pour les féliciter. Entre l'homme et le cheval c'est tout une histoire, une histoire d'amour.

Des liens sacrés se tissent, la confiance, la complicité... Avec sa taille, sa bonne demi-tonne, sa musculature saillante et la puissance qu'il dégage, le cheval peut être à la fois un animal impressionnant et tellement doux.

Juste à coté d'eux, dans une autre parcelle, se trouvent des petites biquettes brunes. Elles sont très mignonnes, Camille et Bastien en profite pour passer un petit temps agréable avec elles.

La propriétaire du site nous accueille ensuite dans la bonne humeur :

_ Bonjour, je vous souhaite la bienvenue chez nous, nous dit-elle très souriante.

Nous lui répondons tous en chœur :

_ Merci beaucoup !

_ J'espère que votre randonnée se déroule bien ?

_ Oui parfait, merci. Nous découvrons de jolis coins, lui répond Serge. C'est très agréable et votre gîte est magnifique.

Un plateau à la main, elle nous tend chacun un verre de jus de pomme fait maison.

C'est un délicieux rafraîchissement que nous buvons avec grand plaisir.

On peut ressentir toute sa bienveillance dans son attitude envers nous. Je la remercie sincèrement pour cet accueil chaleureux.

Chapitre 4 : Lundi 1er Juillet - 32 km

Aujourd'hui nous prenons le départ pour 8h30 et la randonnée commence presque immédiatement par la traversée d'une majestueuse forêt. Son entrée est formée d'une splendide arche de branches feuillues. Leurs diverses formes et couleurs s'enlacent tout en douceur juste au dessus de nos têtes. Leurs feuilles se balancent délicatement avec le vent qui s'y engouffre. Nous y accédons dans la pénombre quelque peu mystérieuse, puis une fois à l'intérieur, un panachage de vert et de brun, traversé par les rayons du soleil s'offre à nous.

_ Elle est magnifique cette forêt s'exclame Serge, admiratif.

_ Oui, on dirait que c'est magique ici, répond Camille.

Je reste sans voix, le regard plongé vers le haut à admirer ce spectacle qui me donne des frissons.

Nous avançons tout en silence, seuls les sabots de nos chevaux martèlent le sol avec rythme. Des oiseaux effrayés prennent alors leur envol successivement. Le battement de leurs ailes effleurant les feuilles crée une mélodieuse musique.

Nous quittons ce bois énigmatique avec regret, nous serions bien restés là plus longtemps pour admirer ce passage de toute beauté. Nous arrivons ensuite sur un chemin sauvage et très escarpé. Des nids de poules sont présents à de nombreux endroits et de multiples pierres jonchent le sol. Nous devons être prudents pour éviter que nos chevaux se blessent. Je préviens les enfants :

_ Faites attention aux trous, les chevaux sont fragiles, ils pourraient se faire très mal.

_ Oui mais il y en a partout, il n'est pas terrible ce chemin, répond Bastien.

_ C'est vrai. Ça devrait être mieux un petit peu plus loin.

Nous restons donc concentrés sur ce sol bien abîmé, jusqu'à emprunter un autre chemin en bien meilleur état. Camille pointe soudain du doigt et dit :

_ Regardez les rochers là-bas, ils sont bizarres.

_ Oui c'est clair, reprend Bastien, à leurs formes on dirait des personnes.

Je leur explique alors :

_ Selon la légende, une fée y aurait été figée en roche.

Les enfants restent bouche bée, je continue :

_ L'histoire raconte qu'elle reprendrait vie certaines nuits et qu'elle roderait par ici.

Camille intriguée me demande alors :

_ Hein ! C'est vrai, il y a une fée ?

_ Mais non, lui répond Bastien un peu moqueur, c'est une légende, comme dans les livres quoi !

Avant notre départ, je m'étais renseignée sur ce que l'on pourrait voir durant cette randonnée, afin de partager ces informations avec les enfants.

Tout en imaginant l'histoire contée de cette fée, nous continuons notre périple en prenant de la hauteur. D'où nous sommes maintenant nous pouvons admirer le beau panorama sur la campagne avoisinante et contempler les vieilles ruines de maisons paysannes. Devant nous, se trouvent des pans de murs encore debout que les fougères et les ronces enlacent avec force. Nous découvrons aussi des fenêtres aux vitres brisées d'où sortent de belles fleurs sauvages. La nature y vit paisiblement, sans être dérangée et c'est très agréable à regarder.

Nous sommes maintenant situés à 96 mètres au dessus de la mer, à la sortie d'un petit chemin nous distinguons une petite bâtisse tout en pierre.

_ C'est une petite maison là-bas ? On peut s'en approcher ? demande Bastien.

_ Oui bien sûr, répond Serge en se dirigeant vers celle-ci. Elle est très isolée cette maison.

Arrivés à son abord, nous découvrons un clocher avec une petite croix à son sommet. C'est en réalité une petite chapelle, positionnée au beau milieu de nulle part. Elle est toute mignonne avec sa vieille porte en bois, repeinte de rouge et un joli bouquet de fleurs posé à ses pieds.

Le silence et le respect s'impose dans ce lieu tellement isolé. L'espace verdoyant et les tables de pique-niques disposées autour nous invitent à nous arrêter pour y déjeuner.

_ Vous voulez manger là les enfants ? demande Serge tout en se doutant déjà de leur réponse.

_ Oh oui carrément ! répond Camille enjouée.

_ D'accord, alors on va descendre de nos chevaux et les attacher aux arbres.

Nous lions solidement les chevaux en prenant garde de leur laisser suffisamment de longueur pour qu'ils puissent brouter aisément cette belle herbe fraîche.

Tout en avalant notre sandwich, notre regard reste plongé sur cette nature, nous n'en perdons pas une miette, comme si nous voulions figer cet instant pour toujours.

Après avoir terminé notre repas, Bastien se lève et marche jusqu'à la petite chapelle. Il pose délicatement sa main sur la poignée de la porte et l'abaisse. Malheureusement elle est fermée et l'intérieur en restera donc mystérieux.

Il est maintenant temps pour nous de repartir, je donne le départ :

_ C'est bon les enfants, vous êtes prêts pour reprendre la route ? On peut prendre une photo avant de partir si vous voulez ?

_ Bonne idée, dit Bastien ! Je vais vous prendre tous les trois devant la petite chapelle.

_ Merci c'est gentil, reprend Serge, nous allons te prendre avec ta sœur après.

_ Ok ! Merci !

Une fois les photos prises, nous repartons en suivant un chemin. Mais au bout de plusieurs kilomètres, nous faisons face à un petit passage, qui permet aux randonneurs de passer à travers champs. Sans lui, nous devrions faire un grand détour, vu les nombreux champs collés les uns aux autres.

Je m'interroge tout de même sur sa largeur :

_ On ne va pas pouvoir passer là mon Chéri ?

_ Si ça va aller, je pense que c'est suffisant. Mais il ne faudrait pas moins c'est sur.

Alors il passe devant, suivi de Bastien, de Camille tandis que moi je ferme la route. On s'enfonce sur cet étroit passage avec l'herbe folle qui arrive jusqu'à la croupe de nos chevaux.

_ Attention ! s'écrit Serge brutalement, il y a du barbelé sur les côtés !

Effectivement, nous constatons camouflées derrière cette faune envahissante, quatre rangées de barbelés tendues de chaque côté.

_ Les sacoches frottent, reprend alors Bastien intrigué.

Camille prend peur soudainement, au beau milieu du passage et je me retrouve coincée derrière elle :

_ Camille pourquoi tu t'arrêtes comme ça ? Il faut continuer d'avancer !

_ Non je ne veux pas. On va se faire mal ! C'est trop dangereux.

Nous la rassurons. Camille n'aime pas l'imprévu, alors pour elle ce n'est pas évident. Serge la guide comme il peut :

_ Allez ma puce, tu sers bien tes jambes contre ta Poupoune et tu avances en restant bien au milieu. De toute façon on ne peut plus faire demi-tour, il faut continue maintenant.

Inquiète et impressionnée elle finit par se lancer et nous sortons enfin de ce misérable passage.

_ Ca va ? Personne n'est blessé ? interroge Serge.

Nous regardons tous nos mains, nos genoux avec attention, puis scrutons nos chevaux.

_ Il y a Myrtille qui saigne ! s'exclame Bastien.

_ Ma Poupoune aussi ! annonce en pleurs Camille.

_ Ne pleure pas Camille, nous allons regarder, descendez de vos chevaux, leur demande Serge.

Je récupère alors la petite pharmacie qui se trouve dans une des sacoches et nous regardons leurs blessures. Heureusement ce ne sont que de légères égratignures que nous soignons immédiatement. Je dis ensuite à Serge :

_ C'est incroyable que ce passage soit dans un tel état, nous ne voyons même pas le barbelé.

_ Oui, reprend-t-il énervé. Tu imagines si on était passés à pieds, ça aurait pu être grave.

_ M'en parle pas ! Les enfants auraient pu se blesser au visage ou même aux yeux. Lorsque nous serons de retour à la maison, je contacterai la mairie pour leur en faire part.

_ Tu as raison ! Il ne faut pas que ça reste comme ça.

Tout le monde est soulagé, nous pouvons alors repartir calmement.

Juste après nous passons devant un château qui surplombe un ancien moulin à eau. Ce monument possède quatre grandes tours cylindriques, accompagnées de leurs dômes pointus. Puis un petit peu plus loin, une très belle auberge est également présente, suivi du pont de l'écluse, qui sont tous deux très fréquentés. Nous y croisons beaucoup de monde.

Nous nous éloignons avec plaisir et retrouvons le silence paisible. Nous longeons maintenant un magnifique domaine, où règne un haras avec de sublimes chevaux de courses. Ils se mettent tous en enfilade le long de leur clôture le temps que l'on défile sous leurs yeux. Leur élégance et leur beauté sont vraiment remarquables.

Après avoir passé une magnifique journée, nous arrivons au gîte. Ce fût la plus belle de toute notre cavalcade avec des paysages haut en couleurs, de superbes vues, des lieux insoupçonnés cachés derrière la nature qui a pris tous ses droits.

Ça fait d'ailleurs réfléchir de voir ce que la nature devient lorsque l'homme ne la pollue pas, ne le détruit pas mais au contraire lorsqu'il la respecte. Ça fait même rêver, la Terre se porterait tellement mieux si nous étions tous sensibles à sa survie.

Chapitre 5 : Mardi 2 Juillet - 33 km

Ce matin, pendant que nous prenons tranquillement notre petit déjeuner, j'annonce le programme de la journée à Camille et Bastien :

_ Alors les enfants, nous allons partir vers 8 heure pour continuer notre périple et ce soir nous arriverons chez vos grands-parents. Nous y resterons aussi demain pour nous reposer et reprendre des forces. Ça fera du bien aux chevaux aussi.

_ Oui et à nos fesses ! lance Camille avec humour.

Elle n'a pas tort, au niveau des genoux aussi, c'est vrai que nous souffrons tous un peu d'être assis toute la journée. Je reprends :

_ Nous serons donc à mi-chemin de notre aventure pittoresque ce soir.

_ Déjà ? Ca passe trop vite, intervient Bastien.

_ Tant mieux, c'est bon signe ! C'est que ça vous plaît ?

_ Oui carrément, reprend-t-il.

_ Moi j'ai hâte de voir papy et mamie, dit Camille.

Il est vrai que nous passons de merveilleux moments depuis notre départ alors deux émotions se mélangent au fond de notre cœur, la satisfaction d'être à la moitié de notre cavalcade mais aussi le regret d'en voir déjà le bout. Nous allons bientôt devoir reprendre notre vie remplie de routine, mais en attendant nous profitons pleinement de tout ce que nous vivons et savourons le moment présent.

Une fois prêts, nous partons en commençant par suivre un long chemin. Il est bordé de chaque côté par de grands arbres robustes au large tronc, tous bien alignés. L'envie d'y galoper nous prend aux tripes mais pour ne pas fatiguer les chevaux inutilement nous le traversons au trot. Le but étant de les économiser jusqu'à la fin de notre cavalcade et de parcourir les 317 km sans encombre et en préservant nos montures.

Un petit peu plus loin, de nombreux arbres ont été fraîchement abattus et découpés. Ils sont déposés en tas sur un bord du chemin, formant plusieurs pyramides. Nous pouvons distinguer la robustesse de l'écorce, les cernes qui donnent l'âge du bois, leur couleur si pure.

Au bout de deux heures de randonnée paisible, Andros s'arrête net, à la surprise de Serge et de nous tous qui le suivons de près.

_ Nous allons devoir traverser une sorte de pont, annonce-t-il, mais les chevaux ne le passeront pas comme ça. Nous allons devoir descendre.

_ Mais non, grogne Bastien, on doit bien pouvoir passer comme ça, non ?

_ Non ! affirme Serge, c'est trop dangereux. Les chevaux pourraient avoir peur et se blesser.

Alors nous voilà tous les quatre, pieds au sol et rênes dans les mains, à nous approcher de cet obstacle surprenant.

En réalité c'est un petit pont formé de trois poteaux électriques en béton. Ils sont apposés horizontalement l'un contre l'autre et permettent de franchir un large et profond fossé où coule bruyamment de l'eau. Juste après celui-ci, un vieil arbre au large tronc, obstrue un tiers du passage, ce qui complique d'autant plus son franchissement.

Il est long d'environ cinq mètres, avec trois mètres suspendus dans le vide, alors une certaine souplesse se fait ressentir au milieu du passage. Les chevaux sont immédiatement intrigués par le vide et le clapotis de l'eau qui filent un mètre en dessous.

Serge étant le plus confiant pour cette étape inattendue, c'est lui qui se charge de faire passer les chevaux, un à un, en tenant les rênes et en les guidant avec toute sa bienveillance.

Pour les trois premiers, tout se passe relativement bien, même si l'on peut ressentir leur inquiétude. Je suis de l'autre côté avec

Camille et Bastien, pour récupérer les chevaux qui franchissent l'obstacle.

_ Allez à ton tour Andros, dit Serge d'un ton rassurant.

Il saisit les rênes de son cheval, avance tout doucement mais sa peur augmente considérablement. Il s'inquiète assez facilement alors Serge le rassure :

_ On y est presque Andros ! Allez on va rejoindre les autres, doucement ...

_ Fait attention papa ! lance Camille inquiète.

_ Regarde il est presque arrivé, ça va aller. lui dis-je pour la rassurer.

Mais alors qu'il est au beau milieu du pont, Andros panique ! Il se met alors à sauter en faisant de petits bonds sur ces poutres souples. Ses sabots frôlent les pieds de Serge qui s'écarte immédiatement et manque de basculer dans l'eau.

Un dernier saut rempli de frayeur, leur permettent à tous les deux de franchir enfin ce passage dangereux.

Pour nous qui sommes spectateurs de la scène, elle nous paraît durer de longues minutes et nous retenons notre souffle à chaque instant. Heureusement, tout se finit bien, même si Serge a eu peur pour ses pieds. Camille s'approche de son papa et le serre dans ses bras :

_ J'ai eu peur pour toi papa !

_ C'est gentil ma chérie, tout va bien, tu vois.

Après ces émotions redescendues, nous reprenons la route tranquillement à travers les bois, puis nous arrivons près d'un grand étang. Nous décidons d'en profiter pour y faire boire les chevaux. Le temps est orageux et lourd, ils ont donc besoin de se désaltérer plus souvent et nous aussi par la même occasion. Il ne faudrait pas avoir d'insolation car ça pourrait compromettre la poursuite de notre si belle aventure.

Cette étendue d'eau s'étend sur 30 hectares avec autour d'elle, 35 hectares d'éléments boisés et de prairies. Des pêcheurs y sont présents et des enfants jouent sur l'air de jeux dont nous pouvons percevoir leurs rires qui se dispersent agréablement dans l'air. Nous profitons d'un endroit bien ombragé pour pique-niquer et s'y reposer un petit moment, paisiblement.

Nous poursuivons ensuite le chemin jusqu'à l'entrée d'une petite ville, où l'on découvre l'ancienne gare SNCF, qui a été rénovée et qui est maintenant habitée.

Nous prenons ensuite le circuit qu'empruntait le train des voyageurs auparavant, qui est désormais aménagé pour les randonnées pédestres, équestres et les ballades en vélo. Je pars à imaginer les anciens trains qui défilaient ici mêmes, avec la foule de voyageurs qui patientaient sur le quai, dans leurs belles tenues d'antan. Mon imagination est sans faille.

Nous quittons ce chemin et arrivons devant le panneau indiquant la ville de toute mon enfance. Et c'est quelques mètres plus loin, que nous arrivons chez mes parents pour le quatre heures. Ils nous accompagnent jusqu'au pré où nous y installons les chevaux en toute sécurité. Il appartient au charcutier du village, qui avait gentiment proposé à mes parents de nous en faire profiter gracieusement. Nous nous occupons donc des chevaux, les félicitons, les douchons, les brossons et nous les laissons enfin se reposer. Ils en ont bien besoin.

Notre tour est maintenant venu de nous laver et de nous changer. La semaine dernière nous sommes passés dans chaque gîte, déposer tout ce dont nous allions avoir besoin : Vêtements de rechanges, nourritures pour nous, granulés pour les chevaux et un peu d'argent pour acheter le pain et la garniture des sandwichs. Cela nous évite de tout transporter, chaque jour. Nous avions aussi donné tout le nécessaire à mes parents.

Ce soir, nous avons le droit à un très bon repas, préparé avec amour, qui nous fait un bien fou. Ça nous change de nos sandwichs et des repas froids en tout genre dont nous commençons à nous lasser.

_ Super Mamie, tu nous as encore fait ton poulet avec tes petites patates, dit Bastien enchanté.

_ Oh oui ! On adore, dit Camille. Merci Mamie.

_ De rien mes petits, allez servez-vous, vous devez avoir faim, leur répond-elle ravie de leur faire plaisir.

Nous partageons de nouveau un moment très convivial, mais étant tous bien fatigués, nous allons au lit de bonne heure et partons dans un sommeil profond très rapidement.

Le lendemain, nous passons une très bonne journée de repos remplie de détente et de farniente dans le jardin familial. Camille et Bastien passent du bon temps avec leur mamie. Ils prennent plaisir à l'aider pour écosser les petits pois et récolter les haricots verts du potager. Elle leur fait même déguster quelques fraises du jardin.

Pendant ce temps, Serge, mon père et moi-même scrutons la carte de près afin de prévoir des modifications pour éviter les passages difficiles rencontrés à l'aller.

En fin de journée, nous montons tous les six dans le grenier aménagé où mes parents y ont installé il y a quelques temps, une table de billard. Nous passons donc un agréable moment à jouer en famille.

Cette journée de pause nous a permis de récupérer des forces, d'apaiser nos douleurs et de laisser les chevaux se reposer un peu. Nous ne regrettons pas une seconde cette journée au calme.

Chapitre 6 : Jeudi 4 Juillet - 32 km

Il est bientôt 9 heure et il est déjà temps de prendre le chemin du retour en empruntant quasi les mêmes destinations et en dormant pour la plupart du temps, dans les mêmes gîtes qu'à l'aller.

Après avoir dit au revoir à mes parents, c'est avec un peu de regret que nous montons sur nos chevaux et prenons le départ. Nous quittons d'abord la petite ville de campagne où règne de nombreux souvenir d'enfance. Nous arrivons ensuite face à une grande ligne droite, nous en profitons alors pour faire trotter les chevaux avant que le soleil ne soit trop chaud. Nous prenons un réel plaisir avec la brise qui nous fouette le visage, la crinière des chevaux qui dansent avec le vent... Mais soudain, ils semblent intrigués et ont l'air d'être aux aguets. Nous les faisons alors ralentir et avançons prudemment, quant au loin, j'aperçois du mouvement dans un champ :

_ Regardez sur votre droite, il y a un élevage d'émeus. C'est sûrement pour ça que les chevaux ont peur.

_ C'est quoi des émeus ? demande alors Camille surprise.

_ Comme des autruches, petite soeur ! lui répond alors Bastien.

Leur champ longe la route que nous devons emprunter. C'est la première fois que nous sommes face à ces animaux et nous ignorons la réaction que cela va engendrer sur nos équidés. Nous continuons notre passage en restant prudents et en se rapprochant doucement d'eux. Mais tout à coup, ces sortes d'autruches se mettent à courir dans tous les sens en déglutissant bruyamment et en poussant de drôles de cris.

Nous ressentons immédiatement l'inquiétude de nos chevaux monter d'un grade.

Nous tentons de les apaiser comme nous avons l'habitude de le faire, ce qui fonctionne assez rapidement. Hormis Poupoune qui ne veut plus quitter du regard ces étranges animaux effrayants. Sa tête bien droite, ses oreilles dressées, ses pattes écartées, Camille fait tout son possible pour calmer sa jument et essaie de la rassurer durant de longues minutes. A son attitude nous finissons par percevoir un peu de sérénité chez Poupoune, alors nous passons vite devant ce grand espace bruyant.

_ Allez Camille, on y va, il faut avancer maintenant, ça ira mieux une fois passée tu vas voir, dit Serge rapidement.

_ Oui je sais, mais elle ne veut pas ! lui répond sèchement Camille.

Je me mets alors derrière sa jument et la stimule à avancer avec ma voix. Avec l'effet de mouvement des autres chevaux, elle suit le rythme immédiatement et se lance au galop, se qui fait peur à Camille. Elle tient fermement les rênes entre ses mains et s'écrie :

_ Maman, je vais tomber !

_ Mais non ma chérie ! Ralentie ta Poupoune et tiens-toi bien. On va s'arrêter après le champ.

Serge et Bastien qui ouvrent le pas, ralentissent puis s'arrêtent quelques mètres plus loin, Poupoune en fait automatiquement de même. Nous voilà enfin passés et Camille est rassurée.

Elle s'inquiète facilement et sa jument aussi, alors elles font vraiment la paire toutes les deux. Surtout qu'elles se partagent leurs émotions, c'est une chaîne sans fin.

Nous pouvons poursuivre notre aventure tranquillement, mais comme quoi chaque chemin que nous empruntons présente des difficultés, des obstacles. Dans notre randonnée comme dans la vraie vie, il faut se dépasser et toujours avancer malgré les embûches qui se dressent devant nous, car il y en aura toujours.

Notre matinée se poursuit ensuite paisiblement, nous savourons toujours autant la douceur et la beauté des paysages que nous côtoyons. Le chant des petits oiseaux et le bruit des sabots de nos chevaux nous bercent délicatement.

Serge propose que l'on s'arrête :

_ Nous pouvons manger ici, nous serons tranquilles ?

_ Oui, répond Bastien affamé, en plus c'est à l'ombre.

_ Ok, alors on va attacher les chevaux aux arbres, reprend-t-il.

_ D'accord, mais tu pourras vérifier si je fais bien mon nœud ? interroge Camille.

_ Oui bien sûr ! Mais tu sais très bien le faire. Il faut que tu ai confiance en toi ma chérie.

De splendides bouleaux, au tronc fin et à l'écorce blanche nous entourent. Leurs cimes donnent l'impression de toucher le ciel. Nous nous asseyons à leur coté pour manger notre sandwich en toute sérénité, le dos apposé contre leur base. Nous nous sentons alors protégés par ses géants des bois.

Notre pause déjeuner nous a requinqués, nous repartons donc le ventre plein et avec notre motivation toujours sans faille.

J'avoue que les enfants m'impressionnent. Toujours prêt à repartir, la motivation présente comme au premier jour. Au vu de leur âge, ils pourraient se plaindre, se lamenter, en avoir marre de cette randonnée, de traverser des sentiers et des chemins. A l'inverse, ils pourraient avoir besoin d'être sur l'ordinateur ou sur leurs consoles. Avoir l'envie de rester enfermés dans leurs chambres. Mais non, ils sont heureux, envahit par les bienfaits que procure la nature. Je peux ressentir toute leur satisfaction et leur engouement.

Nous reprenons donc la route et quittons ce beau bois, pour ensuite passer dans un chemin de campagne bucolique. Sur ses bords sont parsemées de jolies fleurs des champs : pissenlits jaunes, marguerites blanches, coquelicots rouges... Un magnifique panachage de fleurs sauvages. Des vaches accompagnées de leurs petits veaux, si adorables qu'ils soient, nous regardent d'un air impassible. Un petit peu plus loin, nous croisons une famille qui se promène à pied. Nous annonçons un petit bonjour courtois et ils nous répondent gentiment. La petite fille, d'environ 7 ans, s'arrête brusquement et demande :

_ Ils sont trop beaux les chevaux. Je peux les caresser ?

Ses parents gênés, nous prient de l'excuser. Serge, avec un large sourire, leur répond :

_ Il n'y a pas de soucis. Ça ne nous dérange pas du tout.

En me penchant vers la petite fille, je lui montre comment faire et l'invite à en faire de même.

_ Merci ! me dit-elle heureuse.

_ C'est une jument et elle s'appelle Cannelle, lui expliquais-je.

_ Elle est trop belle ! me répond-t-elle de sa petite voix douce.

C'est un moment plaisant, en toute simplicité et convivialité que nous vivons là.

Mais il est ensuite temps de repartir et de se diriger vers le gîte qui nous découvrons vers 17 heure. Quelle belle surprise en arrivant devant ce sublime endroit. Nos yeux sont tout écarquillés devant le jasmin qui grimpe sur la magnifique façade, accompagné d'un généreux lierre vert éclatant. Nous pouvons distinguer les fenêtres et portes en bois qui s'y cachent délicatement. C'est juste incroyable !

Après en avoir pris plein les yeux, nous allons nous occuper de nos chevaux. Nous descendons de leur dos et les accompagnons au pré. Je retire les sacoches de ma jument, et là, mauvaise surprise :

_ Serge, tu peux venir voir le dos de Cannelle s'il te plaît ?

_ Oui chérie, il y a un souci ? me répond-t-il en approchant.

_ Oui les sacoches ont dû l'abîmer.

_ Mince, attends j'arrive.

Nous regardons de plus près cette abrasion et réfléchissons sur sa cause. En fait, depuis le départ, nous croisons les deux sacoches, afin de mieux répartir le poids. Mais finalement, ça implique aussi qu'il n'y ait qu'un seul point de compression, ce qui forme une brûlure à cause du frottement des deux sangles ensemble.

_ Les enfants, regardez-bien si vos juments sont blessées au niveau des sacoches s'il vous plait, leur demande Serge embêté.

Après avoir observé sa jument, Bastien annonce alors :

_ Myrtille est un peu blessée aussi, mais ce n'est pas grand-chose.

_ Moi Poupoune n'a rien, dit Camille.

Je récupère dans un des sacs, une crème que j'avais justement préparé au cas où, sur conseil de Marie qui m'avait beaucoup renseignée avant notre départ.

Je désinfecte leurs plaies puis y dépose la crème, que je prends soin de faire pénétrer délicatement.

J'explique ensuite aux enfants :

_ Bastien et Camille, du coup pour les autres jours il va falloir faire très attention de bien positionner les sacoches. Il faudra mettre les sangles l'une à coté de l'autre et ne plus les croiser.

_ Pas de soucis, répond Bastien.

_ Ok maman, suit Camille.

Après cette petite péripétie, nous profitons pleinement de ce lieu incontournable, rempli de verdure, de fleurs et de poésie. Un beau labrador couleur sable arpente le site et réclame des caresses aux enfants, qui en sont plus que ravis. Avec Serge nous prenons du temps pour nous, allongés sur de confortables chaises longues, car demain l'aventure continue.

Chapitre 7 : Vendredi 5 Juillet - 34 km

Le lendemain matin, nous procédons comme d'habitude. Les rituels sont maintenant bien mis en place et tout le monde sait ce qu'il doit faire : Petit déjeuner, habillage, préparation des chevaux... Par contre cette fois-ci, nous prenons en compte le changement de position des sangles pour les sacoches.

Il est 9 heure, nous pouvons maintenant prendre le départ. Notre motivation débordante est toujours intacte et les chevaux ne montrent aucun signe de fatigue. Il faut dire que nous les préservons et que nous sommes à l'écoute de leur moindre maux.

Nous traversons tout d'abord un chemin qui nous amène à travers des bois et des forêts parfumés. Cette senteur boisée, si délicate, agréable et profonde, nous permet de nous échapper des odeurs agressives et stressantes qui nous entourent habituellement. C'est une bouffée d'air pur que nous respirons à plein poumon et nous savourons pleinement ces instants plaisants.

A la sortie de cette parfumerie naturelle, nous devons prendre un chemin qui suit un cours d'eau. Il est bien indiqué sur notre carte, mais pourtant nous n'arrivons pas à le trouver.

_ Vous êtes sûrs qu'il est par là ce chemin ? demande Bastien intrigué.

_ Normalement oui. On va s'arrêter là et regarder la carte ensemble chérie, dit Serge.

Nous nous mettons côte à côte et je commence :

_ Donc on se trouve ici ! lui dis-je en posant mon doigt sur la carte.

_ Oui on est d'accord, donc normalement on devrait voir le chemin par là !
reprend Serge.

_ C'est quand même bizarre ! Nous
n'avons qu'à repasser sur le petit pont, il doit
se trouver juste après.

_ Oui tu as raison, nous allons rebrou-
sser chemin !

Nous repartons donc tous les quatre
sur ce petit pont de bois en restant très
attentifs à ce passage, qui est toujours invi-
sible.

Je m'impatiente un peu :

_ Mais c'est pas possible ! Il est introu-
vable ce chemin bon sens !

_ Il doit bien être quelque part ! répond
Serge tout en regardant de nouveau sa carte.

Camille est à la traîne et rencontre des
petites difficultés avec Poupoune qui n'en fait
qu'à sa tête.

_ Maman ! Poupoune ne veut pas avancer, s'écrie Camille bloquée sur le passage.

_ Attends Camille ! On ne trouve pas le chemin, ce n'est vraiment pas le moment, lui répondis-je d'un ton sec et ferme.

Je sais bien qu'elle n'y est pour rien la pauvre mais la situation m'agace. Je me rends compte de mon attitude et m'excuse immédiatement auprès d'elle.

_ Excuse-moi ma chérie, ce n'est pas de ta faute. Alors qu'est ce qui se passe ?

Et en décrochant enfin les yeux de la carte pour voir ce qui dérange Poupoune, nous voyons en contrebas du pont, un petit poney tout excité. Nous nous apercevons de suite qu'il n'est pas castré et avec la jument de Camille qui est en chaleur, ça tombe vraiment mal.

C'est un Shetland marron clair avec une crinière beige, qui tombe vers l'avant et qui lui cache la moitié de ses yeux. Il a en plus un anneau dans la narine qui ne le met vraiment pas à son avantage. En plus, il pousse des cris de cochon et court dans tous les sens.

_ Ma chérie, regarde en bas ! lui lançais-je amusée. Voilà pourquoi ta jument n'avance plus.

_ Ah oui, super ! Et je fais comment du coup maintenant ?

_ Aide-là ! lui explique Serge. Il faut que tu lui détailles ce que tu veux faire.

_ Ok ! Allez Poupoune, sois mignonne. On va avancer et rejoindre les autres.

Elle continue de la guider délicatement et ça fonctionne.

La complicité, la bienveillance avec nos amours de chevaux est primordiale. Ils comprennent très bien ce qu'on leur dit et ressentent toutes nos émotions.

Camille arrive finalement à guider sa jument jusqu'à nous alors nous pouvons maintenant poursuivre notre recherche. Lorsque Bastien s'écrie :

_ Ça ne serait pas le chemin là ? en pointant son doigt vers sa gauche.

_ Ah bah d'accord ! lui répond Serge surpris. Bravo mon grand, tu as l'œil c'est bien celui-ci.

_ Tu m'étonnes que vous ne le trouviez pas, nous dit Bastien amusé.

En effet, son entrée est camouflée par de l'herbe folle qui arrive à hauteur des chevaux. Bastien est passé au plus près de ce passage et a donc pu voir, surélevé sur sa Myrtille, l'intérieur de celui-ci. Une chance car nous sommes passés devant sans même l'apercevoir et ça aurait pu durer encore longtemps comme ça.

Nous empruntons donc ce passage envahi par la végétation. Des ronces, des orties sont présents en masse, les chevaux nous permettent de passer sans crainte mais à pied ce serait impossible sans se faire mal. Une fois à l'intérieur, nous découvrons un sentier dégagé, avec à ses côtés, le fameux cours d'eau. Nous arrivons dans un lieu calme et paisible qui nous permet de faire redescendre la pression rapidement. Après avoir vécu ce moment remplit d'impatience et d'énervement, nous pouvons enfin nous détendre dans ce lieu paisible.

Nous sommes maintenant attentifs au bruit de l'eau qui s'écoule lentement, en frappant les cailloux et souches disposés sur son passage, formant comme de mini chutes d'eau. A ceci se rajoute, des grenouilles qui croassent en chœur et forment une symphonie harmonieuse. La sensation que le temps s'est arrêté pèse ici.

Nous sommes tellement bien que nous décidons d'y faire notre pause déjeuner. A peine terminée, Camille part à la recherche des grenouilles dont leur son fait écho contre les arbres. A son grand désespoir, elles restent bien cachées mais de magnifiques libellules se posent délicatement sur l'eau. Elles sont si gracieuses, si délicates.

Après ce moment de détente familiale, nous reprenons la route tout en douceur, bercés par tout ce qui nous entoure. Ce soir, il nous restera trois jours de randonnée avant le retour à la maison et nous sommes toujours ébahis de voir cette nature et tous ces lieux paradisiaques que nous côtoyons tout en simplicité. Nous sommes vraiment ravis de ce périple, qui nous permet de nous recentrer sur ce qui est important, d'oublier les tracas quotidiens et de pouvoir profiter des choses simples.

Nous poursuivons donc notre cavalcade, sous un soleil éclatant. Après avoir grimpés à travers les bois, nous sommes enchantés de retrouver la petite église à la porte rouge. Celle qui nous avait tant émue, seule au milieu de la nature. Les mêmes sentiments, les mêmes émotions nous saisissent dans ce lieu incontournable. Nous continuons notre randonnée, les yeux grands ouverts et redécouvrons avec plaisir la magnifique forêt énigmatique traversée à l'aller.

Nous poursuivons et arrivons au gîte, heureux de notre journée mais bien fatigués. Nous prenons tout de même le temps de doucher les chevaux et de leur donner à manger avant de pouvoir nous occuper de nous.

Tout comme à l'aller, la propriétaire du gîte nous accueille avec son délicieux jus de pommes maison :

_ Bonjour, vous allez bien depuis la dernière fois ?

_ Oui très bien, merci, lui répondis-je.

_ J'espère que votre randonnée se déroule bien ? Et qu'elle plaît aux enfants ? reprend-t-elle gentiment.

_ Oui, nous sommes ravis. Nous découvrons de magnifiques paysages et apprécions tout le bien-être qu'ils nous procurent. Les enfants sont attentifs, coopératifs et très agréables.

La conversation se poursuit et nous lui parlons de la fameuse petite église isolée, qui nous a fortement touchée. Elle nous explique alors qu'autrefois, ce lieu était ouvert aux randonneurs qui souhaitaient s'y reposer ou se mettre à l'abris. Certains y passaient même la nuit. Une table et des chaises y étaient installées comme une invitation à s'y arrêter. Malheureusement, des personnes malintentionnées ont détérioré, dégradé cet espace. Et ce, à plusieurs reprises. Les murs intérieurs et la porte ont été tagués, les meubles ont été cassés, des déchets y ont même été abandonnés...

Alors la décision a été prise de tout nettoyer et de tout rénover, par des bénévoles amoureux de cette petite bâtisse. Elle est maintenant fermée à clefs pour conserver toute sa beauté et qu'elle soit ainsi respectée à sa juste valeur.

Nous ne sommes pas vraiment surpris de ces actes de dégradations qui arrivent trop fréquemment. Quel en est l'intérêt, le but ? Je ne comprendrai jamais !

Nous passons ensuite une fin de journée tranquille et reposante tous les quatre. Après avoir dîné, nous nous lançons dans des parties de jeux de cartes et jeux de société. Puis nous ne tardons pas à aller au lit, la tête remplie de beaux paysages.

Chapitre 8 : Samedi 6 Juillet - 22 km

Ce matin, nous repartons calmement à 10 heure pour la deuxième plus petite journée, de seulement 22 km. Nous repassons d'abord près de ce majestueux viaduc qui culmine dans ce beau paysage, puis traversons la forêt de pins que nous avons emprunté dimanche dernier. Nous redécouvrons avec émotion cette même odeur enivrante, ces épines de pins qui tapissent toujours le chemin. Nous avons la sensation d'être complètement connectés à la nature et d'être en totale symbiose avec elle.

Nous admirons donc cette beauté naturelle pendant un peu moins de deux heures avant de rejoindre mes parents pour pique-niquer. Nous avons choisi le même lieu de rendez-vous qu'à l'aller, alors nous accédons au chemin bordé par de nombreux champs colorés, avec une multitude de couleurs qui se côtoie, parcelle après parcelle.

Nous sommes un petit peu en avance mais ne sommes pas les premiers :

_ Bonjour les enfants, on vient juste d'arriver, dit ma mère.

_ Bonjour Papy et Mamie, vous allez bien ? leur demande Bastien en descendant de son cheval et en leur faisant la bise.

_ Très bien, merci. Vous aussi ?

_ Oui impec, dit Camille, en les embrassant.

Nous sommes très contents de les retrouver. Après s'être dit bonjour rapidement, Serge et mon père s'occupent de former l'enclos. Ils prennent garde de le faire un peu plus haut que la dernière fois car il ne faudrait pas que Poupoune s'échappe une seconde fois. Cependant, un cheval pouvant sauter aisément, si elle veut vraiment passer elle y arrivera toujours.

Pendant ce temps, je desselle les chevaux tranquillement. Quant aux enfants, ils vont aider leur mamie pour installer la table à l'ombre et y mettre le couvert.

Nous pouvons ensuite tous passer à table. Nous nous servons avec plaisir et dès le début, nous leur racontons nos petites mésaventures déjà rencontrées depuis notre départ de chez eux. Et c'est Camille qui se lance la première :

_ En partant de chez vous, on a dû passer devant des autruches, j'ai eu trop peur !

_ Ah oui ? Ce sont des émeus, lui répond son papy, il y a plusieurs élevages près de chez nous. Pourquoi as-tu eu peur ?

_ En fait, Camille n'arrivait pas à faire avancer sa jument, dit Bastien un brin moqueur avec sa sœur, elle est partie au galop et elle a cru qu'elle allait tomber.

Je le reprends alors gentiment :

_ Tu sais bien qu'elle n'a pas l'habitude, elle se débrouille déjà très bien.

_ Mais oui je sais bien. En plus, c'est vrai qu'elles étaient bizarres ces autruches ! Surtout le bruit qu'elles faisaient.

Nous plaisantons ensuite un bon moment à leur sujet. C'est vrai qu'elles nous ont vraiment surpris et intrigués. Leurs grands yeux tout ronds et leurs regards vifs et perçants étaient impressionnants.

Nous leur décrivons aussi les magnifiques forêts traversées, les superbes gîtes où nous avons logé. Plus de deux heures passent ainsi dans l'échange et le dialogue, mais il est déjà temps pour nous de repartir. Nous préparons les chevaux, remercions mes parents et les embrassons avant de poursuivre notre si belle randonnée.

Sur notre route, nous observons de nouveau les champs à perte de vue. Nous pouvons même deviner des tracteurs au loin, avec la poussière de blé formant de gros nuages jaunes, juste derrière leurs passages. On y voit aussi des oiseaux en nombre qui survolent l'espace à la recherche de vers de terre. Nous continuons en empruntant un chemin ombragé, lorsque subitement le soleil part se cacher derrière des nuages avec une légère brise qui se fait alors ressentir. Nous nous arrêtons pour mettre un petit pull mais à peine le temps de l'enfiler, c'est une averse plus que rafraîchissante qui nous tombe dessus. Elle ne dure que quelques minutes mais c'est bien suffisant pour être trempés. Nos vêtements dégoulinent, nos pantalons collent à la peau. De grosses gouttes d'eau tombent de nos bombes et viennent s'écraser sur notre nez. Nous nous regardons, quelque peu amusés par la situation, même si elle n'est pas vraiment agréable. N'ayant pas de rechange avec nous, nous allons devoir poursuivre la balade ainsi, jusqu'au gîte. Mais le soleil faisant de nouveau son apparition et la chaleur étant importante, nos vêtements devraient sécher assez rapidement.

Un petit peu plus loin, nous entendons un vague bruit qui se rapproche. Nous prêtons l'oreille et tout à coup, nous voyons cinq adolescents, qui pédalent plus vite que le vent, arriver face à nous. Ils sortent d'un virage et sont surpris de tomber nez à nez sur nous.

_ Hé, doucement là ! crie Serge sur les jeunes garçons, tout en essayant de calmer Andros qui bondit et fait des écarts.

Nous nous arrêtons alors brusquement et je leur dis :

_ Vous ne pouvez pas faire attention ! Vous n'êtes pas tous seuls !

Ils prennent aussi le temps de s'arrêter et un des jeunes s'excuse avec l'air gêné :

_ Pardon ! On est désolés. On va faire attention.

_ J'espère bien, répond Serge, un peu énervé. Les chevaux auraient pu s'emballer à cause de vous et partir au galop.

_ Excusez-nous, reprend un autre garçon. On ne voulait pas vous faire peur. Bonne journée.

Ils remontent sur leurs vélos et partent en faisant attention. Nous poursuivons nous aussi notre ballade, dans le sens opposé en prenant alors le temps d'expliquer à Bastien et Camille, l'importance de respecter les lieux et les personnes qui peuvent s'y trouver.

Avec beaucoup de déception, des averses font de nouveau leur apparition dix minutes plus tard, avec un vent bien frais. Le soleil a disparu et nos tenues sont complètement imbibées d'eau. C'est très désagréable pour nous mais aussi pour nos chevaux, qui par la même occasion dégoulinent également. Pour la première fois, depuis le début de notre cavalcade, les enfants manquent de motivation et viennent à se plaindre :

_ On est trempé ! C'est horrible ! commence à râler Camille.

_ C'est clair ! Vivement qu'on arrive au gîte, poursuit Bastien.

_ Et j'ai trop froid, continue Camille.

J'essaie alors de remotiver la troupe :

_ Allez les enfants, nous sommes presque arrivés. Nous pourrons prendre une bonne douche et nous changer.

_ Oh j'ai hâte ! dit Camille.

Nous terminons finalement les derniers kilomètres sous une trombe d'eau incessante. Nous sommes complètement mouillés et frigorifiés. Alors en arrivant au gîte, nous nous occupons vite des chevaux avant de nous mettre à l'abri.

Les propriétaires, un jeune couple tren-
tenaire, nous ouvrent directement la porte et
nous accueillent gentiment :

_ Bonjour, entrez-vite ! Quel temps ! dit
le Monsieur.

_ Merci c'est très gentil, répond Serge.
Nous sommes trempés.

_ Oui, vous devez avoir froid. Allez
vous changer et pendant ce temps nous vous
préparons un petit feu de cheminée, ça vous
réchauffera, nous dit la femme avec bienveillance.

Je lui réponds alors surprise :

_ Merci beaucoup, c'est vraiment très
sympathique.

En nous voyant revenir, enfin changés
et secs, ils nous proposent une collation avec
une boisson chaude. Nous acceptons cette
proposition avec grand plaisir.

Nous allons donc nous installer tous les
quatre dans le salon très cosy, avec la cheminée qui nous réchauffe et ses flammes qui cré-
pitent. Tout en buvant nos cafés et chocolats

chauds, accompagnés d'une part de gâteau au chocolat fait maison, nous savourons cet instant de bonheur.

Environ quinze minutes plus tard, un couple, s'approche et nous demande gentiment :

_ Bonjour, excusez-nous de vous déranger, c'est bien vous qui êtes accompagnés de vos chevaux ?

_ Bonjour, oui c'est bien nous, dis-je poliment.

_ C'est super ! Vous venez de loin ? Nous ne voulons pas paraître curieux, dit le Monsieur un peu gêné. Nous avons également des chevaux mais nous ne sommes jamais partis une journée entière.

Serge très enthousiaste leur propose alors :

_ Installez-vous avec nous si vous voulez ?

_ Avec plaisir. Merci, répond la femme.

C'est donc une longue conversation intéressante et enrichissante qui commence avec Patrick et Emilie.

Nous sommes conquis par ce moment convivial, au près du feu. Nous décidons de le poursuivre le temps du repas et dînons avec ces hôtes bien sympathiques, tout en poursuivant notre échange.

A la fin du dîner, alors que la fatigue nous frappe de plein fouet nous retrouvons avec plaisir les lits de la chambre d'hôtes.

Lundi nous avons connu la plus belle journée de cette randonnée familiale et bien aujourd'hui c'était la pire. Être sous la pluie une bonne partie de l'après-midi et la rencontre imprudente avec le groupe de jeunes, nous a complètement déconnecté de ce que l'on recherche ici : calme, sérénité, osmose avec la nature. Mais ce n'est que partie remise car demain est un autre jour. Et il faut avouer que cette fin de journée fut très agréable !

Chapitre 9 : Dimanche 7 Juillet - 37 km

C'est un réveil jovial ce matin, avec les rayons du soleil qui pénètrent dans le gîte à travers les larges fenêtres et qui nous réchauffent le cœur. La journée s'annonce plus belle que la veille et c'est avec la bonne humeur que nous allons prendre notre petit déjeuner. Arrivés sur place, nous sommes ravis de retrouver le couple d'hier :

_ Bonjour, vous avez bien dormi ? nous demande Patrick.

_ Très bien, merci. Vous aussi ? répond Serge.

_ Egalement, merci. Avec Emilie on voulait vous proposer de rester en contact ? Si vous le souhaitez bien sûr ?

Surprise mais à la fois enchantée, je réponds sans même concerter mon mari :

_ C'est une très bonne idée, avec plaisir.

Nous procédons à l'échange de numéro de téléphone et prenons le petit déjeuner à la même table. Puis, il est déjà temps d'entamer la neuvième étape.

Nous disons au revoir à Patrick et Emilie, puis nous prenons le temps de remercier sincèrement les propriétaires du gîte. Ils nous ont fortement touchés la veille avec toutes leurs attentions et leur bienveillance.

Nous grimpons sur nos chevaux et prenons la route à 9 heure. Nous voilà directement sur le chemin de halage, le long du canal que nous sommes ravis de revoir, c'est un lieu si calme et apaisant. Doucement, nous nous rapprochons du pont de l'écluse. Celui-ci qui était si mystérieux et sombre à l'aller, est aujourd'hui illuminé par le soleil qui s'y engouffre. La couleur de la pierre, l'eau d'un bleu limpide, tout nous paraît encore plus beau. Assis sur nos équidés, nous y découvrons aussi notre reflet, tout y est merveilleux. Nous mettons pieds à terre, tenons les rênes et passons devant les chevaux qui pénètrent tranquillement sur ce passage, avec toute sérénité cette fois-ci.

Nous poursuivons et longeons encore ce magnifique canal tout en admirant sa beauté. Sur la berge, toute une rangée de peuplier habille ce décor végétalisé et se reflète merveilleusement bien dans ce miroir d'eau.

Nous croisons des randonneurs, des cyclistes qui profitent de la fraîcheur matinale.

Nous devons à présent quitter ce superbe lieu et emprunter un autre chemin qui nous mène tout droit sur l'agréable vallée déjà traversée. Un peu plus loin, nous sommes heureux d'entrevoir les moutons. Nous avançons tout doucement et en silence pour éviter de les effrayer. Alors que nous arrivons au plus près d'eux, Bastien s'arrête et descend de Myrtille.

_ Qu'est ce que tu fais Bastien ? lui demandais-je surprise.

_ Je vais m'approcher et tenter d'en caresser un, me répond-t-il en chuchotant.

Serge répond tout doucement :

_ Ah oui, c'est une bonne idée ! On devrait tous descendre, ils auraient moins peur de nous.

Alors nous voilà tous, pieds à terre, aux cotés des moutons sauvages. Nous avançons calmement, sans faire de bruit. Ils nous regardent étonnés, un peu effrayés même. Bastien tend sa main vers un petit agneau, qui part immédiatement se cacher entre les pattes de sa mère. Un effet de panique fait alors partir tous ces moutons loin de nous.

_ Bon bah on aura au moins essayé, dit Bastien en rigolant.

_ Tu as raison, reprend Serge. Mais tu sais ce sont des moutons sauvages, ils ne doivent pas avoir l'habitude d'être approchés comme ça.

_ C'est dommage ! J'aurais bien aimé en caresser un, dit Camille avec déception.

Nous remontons sur nos chevaux et profitons de ce grand espace plein de liberté pour trotter. Vers la fin de celui-ci, nous cherchons un petit coin ombragé pour se restaurer.

_ Là, sous ce gros chêne, on serait bien les enfants ?

_ Oui tu as raison ma chérie, me répond Serge. Nous serons bien à l'ombre là.

Nous faisons quelques mètres avant d'arriver au près de ce gardien de plus de cent ans. Placé juste à la sortie de ce vaste champ habité, il donne réellement l'impression de veiller sur la sécurité de tous. C'est comme s'il nous lançait une mise en garde : " Attention, je vous surveille ! Prenez soin de cet endroit ".

Nous descendons de nos chevaux et nous nous installons au pied de ce grand chêne majestueux. Le temps de notre repas, nous le scrutons de haut en bas et devinons ses bras, formé de branches nues dépourvues de feuilles. Se dessine aussi, sur son énorme tronc, deux gros yeux ainsi qu'un large nez bossu. Son bois a travaillé et s'est façonné naturellement avec le temps, comme par magie, créant ainsi un personnage sorti tout droit de l'imaginaire.

Une fois le pique-nique terminé, nous remontons sur nos partenaires pour continuer cette belle journée. En quittant les lieux, nous regardons une dernière fois ce gardien de la nature et les moutons qui sont encore visibles, malgré leur distance. Camille demande alors :

_ Maman, je peux prendre une photo de l'arbre ? Pour mieux m'en souvenir !

_ Ah oui ! Tu as raison ma puce, lui répond Serge. Vous le mettrez dans l'album photo à notre retour.

Je prends l'appareil dans la sacoche et le tend à Camille pour qu'elle puisse immortaliser cet arbre.

_ Voilà ! C'est fait ! Merci, me dit elle en me redonnant l'appareil.

_ Très belle ta photo ma puce. Allez ! On y va maintenant.

Notre aventure du jour se poursuit paisiblement, passant du soleil à l'ombre, en observant tout ce qui nous entoure, avec toujours la même admiration. Nous suivons le chemin très agréable qui serpente dans la vallée et nous nous retrouvons tout d'abord dans les bois qui surplombent les marais. Nous profitons, nous savourons tout en silence, lorsque nous entendons du bruit venir de la forêt. Nous prêtons l'oreille et percevons de nouveau du bruit. Intrigués les chevaux s'arrêtent net, un à un. Nous regardons alors en direction du bruit et apercevons les feuilles bouger. Brusquement, un animal surgit de derrière les arbres ! Il reste là, au beau milieu du chemin, à nous regarder fixement. La scène ne dure que l'espace d'une minute, avant que le chevreuil ne se sauve dans les sous bois, mais c'est juste magnifique ! C'est une scène mémorable !

Habitant à la campagne, proche de forêts, il nous arrive d'en voir au loin, depuis la fenêtre de notre cuisine. Afin de bien les distingués il nous faut regarder dans les jumelles. C'est déjà une chance mais là, c'est bien la première fois que nous sommes nez à nez avec un tel animal. Ce moment restera gravé à tout jamais, c'est certain.

Nous reprenons ensuite nos esprits et continuons sur ce chemin. Il se dirige maintenant en contrebas, au plus près des marais. Des cigognes, des hérons ainsi que des aigrettes errent dans ces tourbières, tout en élégance et en prestance.

En arrivant ensuite devant le splendide gîte tout en pierre, nous voyons un groupe de jeunes cyclistes qui descendent de leurs vélos et retirent de grosses sacoches apposées à l'arrière. Nous nous approchons et mettons pied à terre, délicatement, les jambes et les fesses étant toujours douloureuses.

Un des jeunes hommes dit poliment :

_ Bonjour Monsieur-dames, bonjour les enfants. Vos chevaux sont magnifiques !

_ Bonjour, répondent les enfants avec le sourire.

Serge dit alors :

_ Bonjour. Merci c'est très gentil. C'est notre dernière nuit en gîte aujourd'hui. Vous faites plusieurs étapes vous aussi ?

_ Oui en effet, répond-t-il. Nous en sommes à notre cinquième étape.

_ Bravo ! Dis-je au groupe. Vous êtes bien courageux.

_ Je vous retourne le compliment ! me dit un autre jeune.

_ Merci, mais ce sont les chevaux qui travaillent le plus.

Un échange se met très vite en place entre nous. Nous partageons notre expérience commune, quelque peu différente, mais avec le même plaisir et la même émotion. Nous discutons de nos moments de doute, de peur mais également de tout ce qui nous a émerveillés durant ce voyage. C'est très agréable et enrichissant. Même Camille et Bastien aiment se moment de complicité avec de parfaits inconnus.

Trente minutes plus tard, nous emmenons les chevaux jusqu'au pré et nous les soulageons de tout leur attirail. Nous prenons ensuite notre douche qui nous permettent de soulager nos multiples douleurs et courbatures. Un repas rapide s'en suit avant d'aller se coucher bien fatigués. Demain, nous partons de bonne heure pour le dernier jour de cette superbe randonnée, il faut être en forme.

Chapitre 10 : Lundi 8 Juillet : 33 km

Nous sommes lundi et c'est déjà l'heure de la dernière étape. Onze jours que nous savourons cette randonnée, c'est tellement incroyable, c'est passé si vite.

Il n'est que 4h30 lorsque nous nous levons alors le réveil est très difficile. Nous laissons les enfants au lit le plus longtemps possible, pendant ce temps, nous nous préparons et allons nous occupons des chevaux. Rênes à la main, nous les amenons jusqu'au gîte et les attachons à la barre d'attache prévue à cet effet. C'est une longue poutre en bois hori-zontale, apposée sur deux poteaux.

Nous retournons ensuite voir les enfants qui dorment toujours profondément. Nous les réveillons tout en douceur et leur demandons gentiment de se préparer. Nous prenons garde de ne pas réveiller les autres hôtes qui doivent encore dormir. Puis c'est un peu morose et fatigués que nous prenons le départ dès 5h30. Nous espérons ainsi éviter la folle circulation que l'on a rencontrés sur le pont lors de la première étape.

En partant, nous empruntons de nouveau le chemin de randonnée à travers les marais. Cette fois-ci il y fait sombre, le soleil rase les marécages et le ciel est teinté d'un magnifique rose orangé. Nous passons dans une brume persistante qui plane au dessus du sol et empêche les chevaux de voir où ils posent leurs sabots. Nous entendons des cris d'oiseaux lointains et apercevons même des silhouettes noires prendre leur envol au loin. Au même moment, le vent frais vient nous frôler, nous souffler délicatement dans le cou. Tous ces éléments nous transportent dans une atmosphère particulière qui en devient même presque effrayante. Lorsque Camille rompt le silence qui régnait jusqu'ici :

_ Ça fait peur cet endroit ! Ca me fiche la trouille !

_ C'est surprenant oui ! Le soleil se lève alors on va voir de plus en plus clair, la rassure Serge.

_ Tant mieux alors, dit-elle encore peu sereine. J'aime pas cet endroit !

_ Bouh ! Je suis le fantôme qui erre dans ces lieux hantés ! Ah ah ah ! s'amuse Bastien

_ Ce n'est pas drôle ! dit alors Camille énervée. Elle a déjà assez peur sans que son frère vienne en rajouter une couche.

Quant à lui, ça le faire rire et s'amuse de la situation. Je lui demande alors gentiment d'arrêter :

_ Allez Bastien, laisse ta sœur. Arrête de lui faire peur.

_ Mais c'est pas moi, c'est le fantôme des marais, dit-il en prenant un ton à la fois grave et amusé.

_ On t'a demandé d'arrêter s'il te plaît ! dit maintenant Serge plus fermement.

_ Si on ne peut même plus rigoler ! se vexe alors Bastien.

On peut ressentir comme une tension qui plane au-dessus de nos têtes avec un mélange de fatigue et de contrariété. C'est sûrement dû à l'approche de la fin de notre aventure, si merveilleuse soit-elle.

Quelques kilomètres plus loin nous devons emprunter le chemin qui monte jusqu'au passage du pont. Tout en prenant appui sur nos étriers, nous nous mettons en équilibre au-dessus de la selle pour soulager nos montures. Nous les accompagnons ensuite par le mouvement et la voix, nous sommes dans une symbiose parfaite. En arrivant en haut de la côte, nous découvrons avec plaisir le peu de voitures qui y circulent aujourd'hui. Nous sommes alors rassurés et satisfaits d'être partis de bonne heure ce matin. Notre traversée va en être plus simple et surtout bien plus prudente.

Nous sommes aux abords lorsque deux voitures passent, la prochaine est loin alors on s'avance et on se lance au galop directement. Il nous suffit que de quelques secondes pour arriver de l'autre côté, en toute sécurité.

C'est avec satisfaction que nous nous éloignons tout doucement du pont, en empruntant un chemin qui nous mène sous les arbres. Le soleil n'est pas encore bien haut et s'amuse à nous faire de l'œil pendant un bon moment. Sa luminosité, juste en face de nous, devient très gênante, alors nous décidons de nous arrêter ici, pour reprendre des forces avec une petite collation.

Tandis que nous repartons tranquillement à travers les sous-bois, les chevaux nous montrent leur envie de galoper. Ils doivent sûrement sentir que nous nous rapprochons de la maison. Nous les laissons alors prendre de la vitesse et galoper avec leur crinière au vent et l'air frais qui vient nous caresser le visage. Cette même sensation qui nous envahit à chaque fois est tellement agréable, plaisante et sensationnelle. Si l'on ferme les yeux, nous pouvons nous prendre à voler en toute liberté, avec nos ailes déployées. C'est une réelle liberté d'esprit, une parfaite liberté de mouvement. Nous avons l'impression que rien ne peut nous atteindre, que rien ne peut nous arriver. À cheval, nous nous sentons tellement vivant et dans l'instant présent ! C'est une reconnexion avec soi-même et un réel plaisir !

Soudain, Serge fait ralentir Andros et dit :

_ Mince, je crois bien que l'on a loupé le chemin.

_ Tu crois ? lui dis-je embêtée.

_ Oui j'en suis même certain. Mais sur la carte, je vois que l'on peut tourner un peu plus loin, on retombera sur la bonne route.

_ D'accord, alors on reste au pas cette fois-ci.

Nous continuons calmement et un peu plus loin prenons donc le chemin qui nous mène tout droit jusqu'à la rivière. De très jolies papillons volent avec grâce et légèreté au bord de l'eau, effleurant les magnifiques fleurs multicolores présentes en quantité.

Un peu plus loin, nous devons nous baisser sans cesse pour éviter les multiples branches qui sont à hauteur de nos têtes. Penchés sur nos équidés, en contact rapproché avec leur encolure, nous ne faisons qu'un. Serge est devant et mène la danse. Lorsqu'il aperçoit un obstacle, il s'incline en avant et préviens les autres qui en font de même. C'est donc une chorégraphie qui se met en place entre nous, nos chevaux et dame nature.

Une fois ce chemin quitté, nous retrouvons avec plaisir de l'espace, des sentiers larges et entretenus. Nous faisons donc trotter les chevaux sur une bonne partie du trajet et reconnaissons les lieux proches de chez nous. Il n'est que 11h30 lorsque nous apercevons la maison. Nous sommes ravis d'y arriver mais en même temps nous sommes déçus que cette superbe randonnée s'arrête aujourd'hui. Les onze jours sont passés tellement vite, nous n'en revenons pas. Une fois arrivés dans notre propriété, nous descendons des chevaux et leur donnons une bonne douche. Ils retrouvent ensuite avec plaisir leur pré et leur foin.

Après s'être tous douchés et changés, nous passons à table et discutons de tous ces bons moments passés ensemble.

Le contre coup se fait maintenant vite ressentir, le reste de l'après-midi nous restons donc tranquilles. Camille décide d'aller dans son lit pour faire une petite sieste récupératrice mais à l'heure du dîner, elle dort toujours très profondément. Elle a l'air d'être partie pour faire sa nuit complète alors nous la laissons se reposer.

Pour Serge, Bastien et moi-même, les yeux sont lourds, la fatigue prend également le dessus alors la soirée est vite écourtée. Nous sommes ravis de retrouver notre lit et nos draps. Le sommeil n'est pas long à trouver avec les souvenirs plein la tête.

Cela a été une expérience très enrichissante pour toute la famille, tout en simplicité, avec plein de complicité. Un lien encore plus fort s'est créé entre nous et également avec nos chevaux.

Elle nous a permit de nous déconnecter du quotidien, des tristes informations télévisées, des tensions souvent pesantes, dues au travail ou à l'école ... C'est un énorme réconfort et une réelle source d'énergie que de pouvoir se reconnecter et de se ressourcer ainsi en pleine nature.

Quatre jours après notre retour, nous sommes repassés dans chaque gîte. Tout d'abord, pour récupérer nos affaires que nous avions laissés sur place afin de ne pas nous encombrer inutilement. Puis surtout, pour remercier tous les propriétaires de ces sub-limes lieux, qui nous ont accueillis les bras ouverts, avec un accueil chaleureux et une bienveillance sans faille.

Notre cavalcade familiale s'est très bien déroulée. Malgré les imprévus rencontrés sur notre parcours, nous en retenons que le positif. Les enfants sont comblés, les chevaux sont en pleine forme, alors pourquoi ne pas en prévoir une autre l'année prochaine ? !

Conclusion

Ce voyage familial va rester gravé dans notre mémoire indéfiniment et je suis certaine que nous en rediscuterons avec les enfants lorsqu'ils seront plus grands, en évoquant ces merveilleux souvenirs.

Cette expérience a été plus qu'enrichissante pour nous quatre. Nous étions déjà très complices avec nos chevaux mais ces onze journées passées sur leur dos, à découvrir de magnifiques lieux, nous a permit d'accentuer encore plus cette complicité. Une confiance mutuelle entre nous, cavaliers et nos équidés est née durant cette randonnée et elle perdurera.

Nous avons apprécié découvrir la nature sous toutes ces formes et ses couleurs. Nous avons tant à apprendre de cette beauté naturelle qui nous entoure. L'être humain a malheureusement tendance à la négliger au quotidien et c'est notre planète qui en souffre. Déforestation, pollution et j'en passe.

Cette faune et cette flore sont pourtant si belles et mystérieuses, nous devrions tous ouvrir les yeux et en prendre grand soin.

Sans la technologie moderne, tous nos sens se développent et se concentrent sur l'environnement avoisinant. Le simple bruit du vent devient magique. L'odeur des arbres devient enivrante et notre œil perçoit chaque petit élément pour l'idéaliser.

Les mille couleurs et multiples senteurs de la nature rendent celle-ci tellement éblouissante si l'on en prend soin ! Regardez-la, observez-la et surtout protégez-la !